ChamaSutra

ChamaSutra

Textes du Chat Malo - Dessins de Pénélope Bagieu

Éditions
de La Martinière

Mon éditeur aura beau s'en défendre, il n'est pas peu ému à l'idée de publier ce livre. C'est toujours un événement quand, pour la première fois, un certain type d'ouvrage est imprimé. Gutenberg et sa Bible. Diderot et son *Encyclopédie*. Je n'ai pas peur des mots. Ce *ChamaSutra* est le tout premier livre à s'adresser aux chats pour leur parler de leur sexualité, c'est historique.

Qu'un humain s'intéresse assez aux chats pour leur offrir une telle tribune est en soi un événement. Mais que les pages qui sont mises ainsi à sa disposition soient consacrées à un sujet aussi tabou que les amours félines... on n'avait tout simplement jamais vu ça !

Alors, en vérité, je vous le dis, mes amis chats, vous qui lisez les présentes lignes, serrez bien vos petites pattes sur la couverture. Conservez ce volume précieusement, car il est enfin venu le jour où l'on ne parle qu'à vous et rien qu'à vous. Oui, et car je ne suis pas à une référence humaine près, je vous ai compris. J'ai su voir chez mes congénères cette peur de ne pas être à la hauteur. J'ai su lire chez mes sœurs chatounettes ce désir de satisfaire leur matou. J'ai saisi en tous, chats et chattes réunis, le manque d'un guide, d'une référence, d'une voix qui s'élève pour leur indiquer le chemin de l'extase.

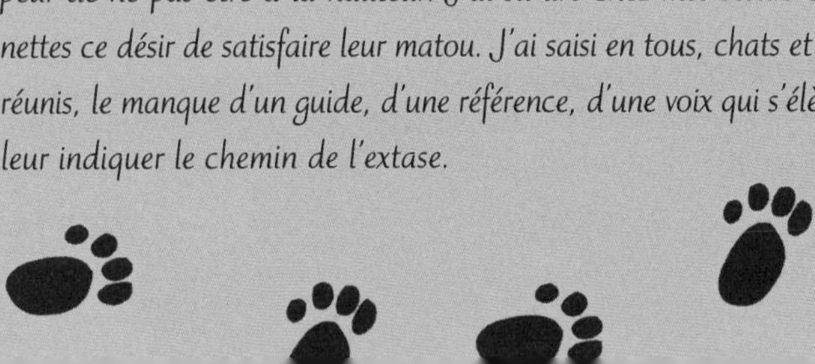

Non, nous autres, chats et chattes de tous pays, mistigris des champs et greffiers des villes, nous ne sommes pas condamnés à simplement nous reproduire. Nous aussi nous avons droit au plaisir, nous aussi nous sommes les détenteurs d'un art érotique. Le secret du savoir aimer n'est pas l'apanage des seuls humains, quoi qu'ils en disent.

Or, jusqu'à ce jour béni, aucun écrit n'était là pour en rendre compte. À l'art amoureux des chats manquait son texte de référence, sa révélation. C'est cela que je vous apporte aujourd'hui, en toute modestie, en toute simplicité. Oh, bien sûr, comme toute œuvre majeure, elle ne sera au final que ce que vous en ferez. Sa théorie ne sera rien sans votre pratique. Emparez-vous-en ! Faites-la vôtre ! Exercez-vous sans relâche.

Vous verrez qu'un jour prochain, ce seront les humains qui viendront chercher chez nous l'inspiration qui leur fera défaut. C'est de nos râles qu'ils seront jaloux. C'est ce livre qu'ils nous envieront et que, sans doute aussi, ils copieront.

Je vous souhaite de chat-leureuses soirées.

Le Chat Malo

Leçons de plaisir à quatre pattes pour les chats... et les humains à poil

Légendes

Miaouuu ! : frissons de plaisir

Kssssss ! : frissons du danger ou de l'inconfort

1 Les chats-huteurs

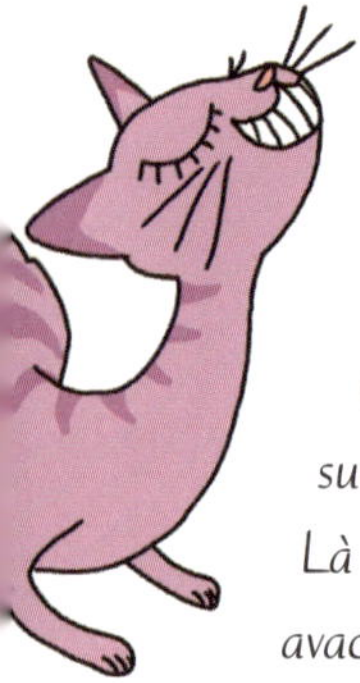

La chatte câline apprécie tout particulièrement les positions où elle peut accueillir son partenaire sur ses quatre pattes, c'est la moindre des choses. Là où les amants humains ont l'air de deux chimpanzés avachis l'un sur l'autre, nous autres matous exprimons ici toute l'élégance de notre port, toute la noblesse de notre cambrure. Une variante facétieuse consistera pour madame à remonter haut sa queue pour l'enrouler autour du cou de son prince charmant. Celui-ci usera de la sienne pour titiller et chat-touiller les zones sensibles de la croupe ainsi offerte.
Chez nous les chats, on dit parfois des amants qui s'accouplent de la sorte qu'ils copulent « comme des chiens ». Un qualificatif où le péjoratif le dispute à l'émoustillant. Car s'il n'y a rien de moins flatteur, pour un chat, que d'être comparé à un vulgaire canidé, s'abaisser ainsi à une telle bestialité n'est pas sans en exciter certaines.

Miaouuu ! : ****
Kssssss ! : *

2

L'arbre à chats

Vous les chats mes frères qui me lisez, vous savez à quel point nous aimons batifoler dans les arbres. Quelques flexions sur nos pattes arrière, quelques coups de griffes que l'on plante dans l'écorce tendre, et nous voilà tutoyant les cimes, respirant l'air frais et chassant les oiseaux. Mais, car il y a un mais, nous sommes aussi prompts à grimper que maladroits quand il s'agit de redescendre. Nos amis les pompiers en savent quelque chose.

Voici donc une position qui s'inspire de ces mésaventures ordinaires. Campez-vous vaillamment, monsieur, sur vos deux pattes arrière. Laissez votre chatte s'agripper à vous comme à un tronc, les jambes nouées autour de vos hanches, les bras pendus à votre cou. Pour soulager son effort, disposez un support assez haut sous ses pieds, tel qu'elle le ferait avec une branche dans les arbres. Ainsi soutenue, elle pourra rester des heures entières accrochée au chêne vigoureux que vous êtes.

Miaouuu ! : ***

Kssssss ! : **

3 Le chat-eau

Le chat n'est pas un bâtisseur. Pourquoi, selon vous, une telle lacune ? Le chat ne serait donc qu'un jouisseur incapable de s'inscrire dans la durée ? Queue nenni, c'est à la fois plus simple et beaucoup plus sophistiqué que cela : nous autres chats élevons nos corps comme des cathédrales. C'est dans l'assemblage harmonieux de nos queues, de nos pattes et de nos moustaches que nous construisons nos plus beaux édifices. À ce titre, la position du chat-eau est l'une de nos architectures éphémères les plus réussies. Le chat en est le socle, la fondation, solide, allongé de tout son long. La chatte joue quant à elle le rôle de la tour, de la flèche, tendue vers la nuée, les yeux accrochés aux cieux qu'elle ne tardera pas à rejoindre. Peu de positions offrent en effet à la chatte une meilleure maîtrise de la situation, un arrimage à la fois plus profond et plus délicieux.

Miaouuu ! : ****

Kssssss ! : *

4 Moustache contre moustache

Ah, il faut bien être un humain pour négliger la sensibilité de ses poils.

Et que l'on se rase, que l'on s'épile, que l'on traque la moindre petite pilosité comme une gale.

Ces hommes, je vous jure, ils n'ont vraiment rien compris... Car chacune de nos brindilles naturelles agit comme une antenne, comme un prolongement sensible de notre peau, comme un amplificateur de sens que l'on projette vers l'autre, comme autant d'occasions de vibrer, et de le faire vibrer. Il en va ainsi de notre fourrure, bien sûr, mais plus encore de nos moustaches.

C'est pourquoi toutes les positions qui favorisent les contacts directs de nos minois sont les bienvenues. Vous aussi, chats et chattes, adoptez cette position toute simple. Allongés l'un et l'autre sur le côté, face à face, le visage enfoui dans celui de votre partenaire.

Pas spectaculaire, ça non, mais si bon !

Miaouuu ! : ****

Ksssss ! : *

5 Un chat sachant chasser

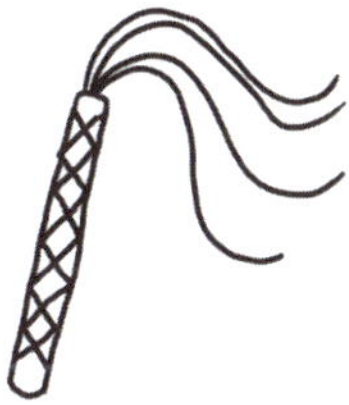

J'étais encore très jeune. J'étais tout juste sevré, un vrai chaton. Ma mère m'apprenait les rudiments de la chasse à la souris. Enfin, après quelques ratés, je finis par attraper mon premier rongeur. Je n'étais pas peu fier. Et là, ce fut le drame. Je relâchai mes griffes et la petite bête apeurée fila sans demander son reste. Autant dire que depuis je mets un point d'honneur à appliquer notre devise : « Entre mes griffes tu tombes, entre mes griffes tu resteras. » Et si je ne pousserai pas la goujaterie jusqu'à comparer ma douce partenaire à une proie, je sais qu'elle aime elle aussi se sentir captive, en certaines circonstances. Pour ce faire, allongé de tout mon long sur elle, je remonte ses genoux sur son ventre. Avec ma bedaine, je bloque ses cuisses et je me saisis de ses chevilles pour l'entraver tout à fait. Elle est mienne, alors, délicieusement mienne, ma petite souris…

Miaouuu ! : ****

Kssssss ! : ***

6 Les siamois

Quoi de plus doux, amis félins – mais pour vous aussi les humains qui lisez ce livre par-dessus les pattes de votre compagnon favori –, que de sentir contre soi la douce chaleur et le pelage soyeux de celui ou celle qu'on aime ? Ce n'est pas pour rien que nous, les chats, sommes les inventeurs du terme « siamois ». Lorsque nous sommes ainsi allongés, rien ne peut plus nous séparer. Dans cette position idéale pour les jours de grande chaleur, étalés de tout notre long sur la terrasse, tigrés de soleil, madame repose sur le côté. Son matou préféré vient

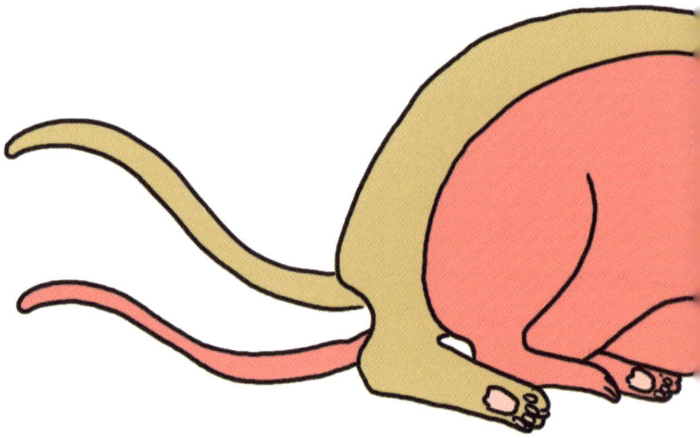

Miaouuu ! : ***
Kssssss ! : *

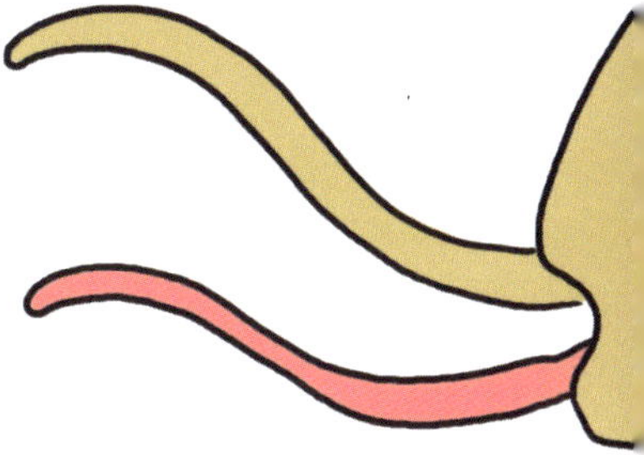

se lover en douceur dans son dos, les poils si doux de son ventre venant caresser la croupe qu'elle lui offre. Ah, voilà bien une position faite pour nous, tout en langueur, en demi-sommeil, en indolence animale. Le temps s'est arrêté et, comme dans la chanson de Nino Ferrer, un grand ami des chats, cela pourrait durer quelques millions d'années…

7 Papattes en rond

On a beau nous prêter mille défauts, nous les chats sommes avant tout des contemplatifs. Il faut nous voir, des heures durant, fixer un point imaginaire, le souffle régulier, impassibles. Pour un peu, j'irais jusqu'à dire que nous sommes des sages, que nous sommes zen, et que ce n'est que l'infinie absurdité des comportements humains – et canins – qui parfois nous fait sortir les griffes.
Mais il est un spectacle que nous apprécions plus que tout : le doux visage de notre partenaire. Je renvoie à leurs études ces ânes qui pensent que notre panthéon érotique n'est qu'une succession de croupes frétillantes. Pour en profiter pleinement, la position idéale est celle des « Papattes en rond », celle que les humains appellent je crois le lotus. Pourquoi en rond ? Parce que bras et jambes encerclent parfaitement l'être aimé. Nos museaux se touchent presque, nos yeux se perdent dans l'immensité de notre vis-à-vis… Miaaouuuu, pour un peu on resterait comme ça toute une vie (on en a neuf, on peut bien en consacrer une au sexe…).

Miaouuu ! : ****
Kssssss ! : *

Accroche-toi à la gouttière, mon amour

8

J'ai beau ne pas être ce que l'on appelle un chat des rues, j'ai fréquenté pas mal de gouttières. Le crissement de la tôle sous les griffes, le doux parfum du danger quand on s'approche du bord, la vue imprenable qu'elles offrent sur la ville : une fois essayé, on ne s'en lasse pas.
Oh, bien sûr, il y aura toujours un matou un peu vantard pour vous raconter comment, n'était sa légendaire souplesse, il aurait dû succomber à une effroyable chute. Alors je dis : voyons-nous un peu à l'œuvre. Dans la version la plus simple, madame se suspend à tout support assez haut perché pour ne pas toucher le sol avec ses pieds et assez bas pour que son bassin arrive à la hauteur du vôtre. À vous, en bon greffier consciencieux que vous êtes, de venir épingler cette cible aussi mouvante qu'émouvante. Si votre chatte est assez leste, elle ira jusqu'à poser ses papattes sur vos épaules, frôlant vos moustaches, décuplant votre plaisir.

Miaouuu ! : **
Ksssss ! : ***

9

Les Égyptiens

Comment ça, « pas possible » ? Vous n'avez jamais vu un chat s'envoyer en l'air ? Vous doutez qu'une chatte puisse se contorsionner de la sorte ? Si vous croyez ça, non seulement vous vous fourrez la griffe dans l'œil mais surtout vous ne savez pas ce que vous manquez, question galipettes !
Voyez plutôt ce que l'on peut faire, ma belle abyssine et moi. Fièrement dressé sur mes pattes arrière, je soutiens son petit postérieur délicatement velu avec mes mains. Comme en état de lévitation, étendue de tout son long, elle étire ses jambes dans mon dos et, faisant preuve une fois de plus de l'incroyable souplesse de sa colonne, elle prend appui sur le sol à l'aide de ses pattes avant. Seule restriction, la durée, limitée à quelques minutes à peine.

Miaouuu ! : **
Ksssss ! : ****

10 Comme chien et chat

Goût du risque, souci de discrétion ou simple insouciance ? J'ai toujours remarqué que nous, les chats, lorsque nous paressons comme nous savons si bien le faire, nous nous plaçons toujours au bord des meubles, jamais en plein centre. J'ai ma petite théorie sur la question. Je pense que, malgré notre apparente léthargie, nous ne dormons que d'un œil. Ce que d'autres considèrent comme un emplacement à risque, je l'envisage moi comme une issue de secours. Il suffit de se laisser mollement glisser et hop, on prend la poudre d'escampette.

Dans cette position, vous joueriez le chien. Votre chatte mollement alanguie sur une table ou un guéridon, tournez vivement sa croupe vers vous. Saisissez-la à pleines pattes et assaillez-la sans ménagement.

Ah, par toutes les moustaches, que c'est bon parfois de jouer les toutous !

Miaouuu ! : ***

Kssssss ! : ***

11 La chat-loupe

Le moins que l'on puisse dire, c'est que les chats n'aiment pas l'eau. Vous me pardonnerez cette chapalissade[1], mais, entre l'élément liquide et nous, il y a comme une incompatibilité d'humeur.
Et pourtant, de temps à autre, on aime nous aussi que ça tangue et que ça chahute un peu. S'enfoncer dans la mollesse d'une couette par exemple, ou batifoler dans une botte de paille… Pas trop longtemps non plus, je vous rassure, juste ces quelques minutes d'abandon qui nous font plus apprécier encore le retour à la terre ferme.
C'est pourquoi cette position vous propose un embarquement – pour Cythère, on s'en doute – tout ce qu'il y a de provisoire.
À genoux, les pattes avant posées sur le sol dans son dos, monsieur s'arc-boute comme un pont, tendu sur ses appuis, le bas-ventre projeté vers l'avant. Sa dame vient s'y asseoir négligemment, exactement comme s'il s'agissait d'un vulgaire siège. À mesure que la tension augmente dans les pattes, source de tremblements, le roulis se fait plus sensible, et les sensations plus intenses pour les deux partenaires.

1. Jacques de Chapalice, célèbre chat botté du XVIe siècle, auteur de morales et aphorismes qui font encore loi dans la communauté féline.

Miaouuu ! : ***

Kssssss ! : ***

miam
miam !

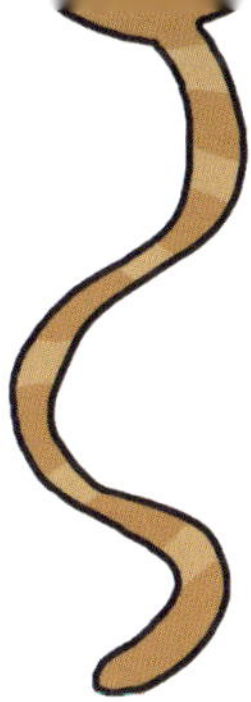

12 Chat... c'est vraiment toi !

Et ça se sent que c'est toi, ajouterai-je pour plagier ce standard du groupe Téléchat. Car chez nous propreté ne rime pas avec aseptisé. Nous savons qu'un chat ou une chatte prêt pour l'amour exhale de naturelles et suaves fragrances, qu'il serait bien dommage de gommer à tout prix.

Et si les mâles en rajoutent parfois un peu trop dans le registre « je vais marquer mon territoire, tu vas sentir ce que tu vas sentir », la senteur d'une chatte en chaleur a pour nous la finesse d'un bouquet de printemps. C'est dire à quel point nous apprécions les positions qui nous donnent accès au flacon. Monsieur, asseyez-vous simplement sur le sol, le dos droit et la tête relevée. Demandez à votre chatte de présenter ses fesses à hauteur de votre visage, les jambes assez écartées pour vous donner un accès libre à sa fleur odorante.

Miaouuu ! : ****

Kssssss ! : *

13 Léchons-nous les uns les autres (comme nous aimons nous lécher)

Et dire qu'il y a encore des animaux pour se négliger. Prenez les chiens, par exemple, quelle crasse et surtout quelle odeur ! Oh, croyez-moi, les humains ne sont bien souvent pas en reste. Plus doués pour construire les salles de bains que pour les utiliser. Le nec plus ultra de l'évolution ? Laissez-moi doucement miauler. Nous les chats, voilà quelques dizaines de millénaires que nous avons développé notre propre système autonettoyant. Pas de douche, pas de savon, juste une langue. Et quelle langue ! Fine, délicatement humide, râpeuse juste ce qu'il faut pour décaper en douceur. Avec un tel instrument, il est bien légitime que nous nous en servions pour d'autres jeux. Ainsi, dans toute position, quelle qu'elle soit, pensez à lécher et mordiller la zone de son corps que vous offre votre partenaire : sa queue fine et rétive, son cou gras et moelleux, ses petites joues si savoureuses, etc. Et pour vous faire chat-virer l'un et l'autre tout à fait, rien n'interdit d'emprunter aux hommes leur célèbre 69.

Miaouuu ! : ****

Kssssss ! : *

Miaouuu ! : ***
Kssssss ! : *

14 Chat-steté et vertu

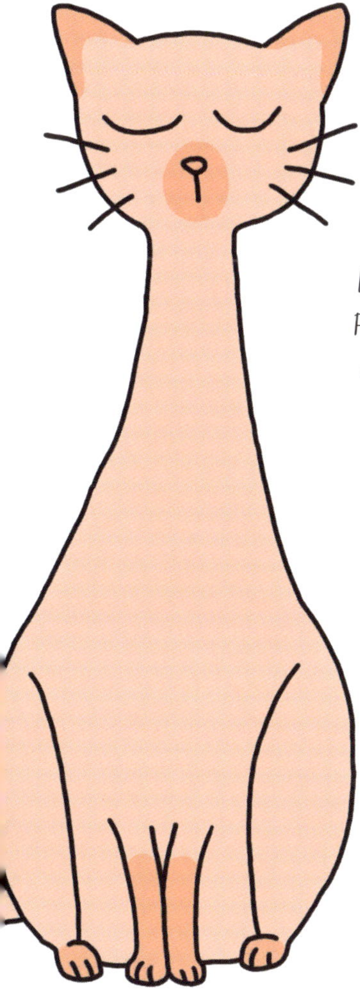

On a beau être des animaux, on n'est pas non plus des bêtes pour autant.

La preuve, on est capables de faire l'amour à distance. C'est pas le summum de l'évolution, ça ? Pas besoin d'Internet et de Cyber Love machin. On a nos queues pour ça. Et mieux encore, nos moustaches. Il suffit de se placer face à face, sagement assis dans une position d'attente. Et suffisamment prêts l'un de l'autre pour que nos appendices ondulants ou vibrants puissent atteindre le corps de l'autre.

Négligemment, sans même avoir l'air d'y toucher, chacun peut palper son partenaire comme il l'entend. En douceur, en souplesse…

15 Chatastrophe !

À trop flirter avec le danger, on finit parfois par le trouver. L'anecdote que je vous livre ici est 100 % authentique. Et prière de ne pas pouffer dans vos moustaches.

Nous voilà ma chatounette du moment et moi en train de tutoyer les anges (et les sommets) sur le faîte d'un immeuble. Nous étions si bien imbriqués l'un et l'autre que, en dépit du gouffre qui nous aspira soudain, nous conservâmes la position tout au long de notre chute. L'avais-je chevauchée trop vigoureusement ? Étions-nous trop près du bord ? Bon, il était un peu tard pour se poser de telles questions car le sol était désormais à portée de pattes. Le croirez-vous ? C'est le sursaut de notre jouissance synchrone qui nous a sauvés. C'est au mouvement involontaire de sa croupe qu'elle dut son rétablissement de dernière seconde. À déconseiller aux chats de plus de cinq ans et à leurs maîtres.

Miaouuu ! : **

Kssssss ! : *****

16 La fête au minou

Une fois n'est pas coutume, je m'adresserai ici aux lecteurs humains qui auront subtilisé cet ouvrage à leur compagnon préféré. Franchement, d'où croyez-vous donc que vienne ce doux nom de minou que vous donnez à votre sexe ou à celui de votre partenaire ? Et « faire minette », ça ne vous évoque rien ? Je le déclare haut et fort, nous autres matous sommes les champions toutes catégories du cunnilingus. Quant aux vertus stimulantes de notre langue, faut-il encore vous faire un dessin ?
Mieux encore, notre endurance et notre légenduire agilité nous permettent de dispenser cette caresse absolument dans toutes les positions, et sous toutes les coutures. Croyez-moi, la position que je vous propose ici sera sous peu votre ronron quotidien. Lui tournant le dos, la chatte s'assoit sur le visage de son Chasanova. Elle lui offre son minou, large ouvert, qu'il lape comme sa première écuelle de lait.

Miaouuu ! : ****
Ksssss ! : *

17 Quelques pas de chat-chat

Si votre pelage est aussi élégant qu'une tenue de soirée, un subtil mélange de noir et de blanc par exemple, alors c'est que vous êtes fait pour les danses de salon. Pas de panique, les pas que je vous propose ici sont certes d'une sensualité des plus torrides, mais ils n'en sont pas moins à la portée du premier minet venu.

Tous les deux perchés sur vos pattes arrière, collez-vous l'un à l'autre comme si la fièvre du tango s'était emparée de vous. Placez l'une de vos pattes avant sur la taille de votre partenaire, et l'autre dans sa patte opposée. Écartez légèrement vos jambes en ciseau, un pied en avant, l'autre en arrière. L'inévitable contact des moustaches, poils dans les poils, yeux dans les yeux, ne fera qu'augmenter la pression. Si vous parvenez à stabiliser une pénétration suffisante ainsi assemblés, vous pouvez même esquisser quelques glissements légers sur le parquet. Vous me pardonnerez l'expression, mais ça a du chien, non ?

Miaouuu ! : **

Ksssss ! : **

Rrrrrr...
Tou mé fais vibrrrer...

18 Le Chat-mot

J'entends encore ma mère me dire : « Tu ne fais jamais de sport, bouge-toi, tu vas devenir un gros chat tout mou, un persan de salon ! » Si je suis loin du compte – un persan... on a sa dignité de chat, tout de même ! – je déplore chaque jour mon embonpoint. Mais je te rassure, toi le minet aussi gourmand que soucieux de ta ligne, il est possible de concilier plaisir et exercice physique. Commence par trouver pour ta partenaire un petit support bas où elle posera, les jambes tendues et le buste fléchi vers l'avant, ses délicates petites mimines. Campe-toi derrière elle sur tes pattes arrière, et penche-toi sur son dos jusqu'à la couvrir tout à fait. L'assemblage de vos deux corps formera une sorte de dôme, comme la bosse de cet animal étrange qu'on appelle le chameau. À chaque va-et-vient vous pouvez vous pencher ou vous redresser de concert. Et vous voilà roulant et cahotant ensemble vers la prochaine oasis.

Miaouuu ! : ***

Kssssss ! : ***

19 Le chat botté

Dans le célèbre conte de Charles Perrault que vous connaissez tous, cela va sans dire, le narrateur dit du chat en question qu'il se bottait « bravement ». Pourquoi faudrait-il de la bravoure pour enfiler une vulgaire paire de bottes ? Eh bien, mes amis, essayez donc de passer une paire de ces épais souliers qu'affectionnent les hommes et vous comprendrez votre douleur ! Prenez d'ailleurs la posture que vous adopteriez spontanément pour réaliser un tel exploit : assis, les jambes fléchies, le buste relevé vers l'avant comme si vous saisissiez à pleines mains le haut de votre botte, agrippez la croupe de votre partenaire par les côtés. Celle-ci s'accroupira sur votre entrejambe avec la grâce qui la caractérise, les pattes avant à peine déposées sur le sol. Puis, comme vous le feriez de votre chaussure récalcitrante, attirez-la vers vous, sans trop de ménagement, en n'oubliant pas d'accompagner vos gestes de grands râles.

Miaouuu ! : ****

Kssssss ! : **

20 Je te tiens, tu me tiens

Résumer notre vie sociale et nos jeux à de vulgaires parties de pousse-baballe, pardonnez-moi mais cela me semble un peu court. Mille autres amusements animent nos soirées, qu'il s'agisse d'une fête à tout rompre dans les poubelles du quartier ou de roucoulants tête-à-tête au clair de lune.
Dans cette seconde hypothèse, je vous suggère la position qui suit. Asseyez-vous bien droits sur votre postérieur, l'un en face de l'autre, jusqu'à coller votre bedaine à celle de votre partenaire de jeu.
Les pattes regroupées comme le ferait un crapaud, passez vos pieds de part et d'autre des fesses de votre vis-à-vis. Entre deux griffes, saisissez la moustache de votre partenaire. Le premier qui la lâchera sous l'action des va-et-vient de son amant aura perdu…
C'est donc à qui fera le plus vibrer l'autre, et lui dresser le poil.

Miaouuu ! : ****

Ksssss ! : **

21 Coincés dans la chatière

Tous les chats – ou presque – connaissent le truc : pour savoir si notre corpulence nous permettra de passer par un trou, il suffit d'y glisser le museau. Si les moustaches touchent et ploient sous l'exiguïté du passage, c'est que le corps ne passera pas. Si elles sont au large, c'est qu'on peut passer. Forts de cette capacité à nous glisser là où le plus menu des chiens ne se risquerait pas, nous aimons bien, de temps à autre, nous offrir quelques câlins dans des circonstances que d'autres espèces qualifieraient sans hésiter d'inconfortables. Dans la position dite de la chatière, il s'agit d'utiliser les montants de ce passage pour soutenir les corps des deux amants. Les pattes avant posées sur le cadre de la chatière, madame offre sa croupe, tendue à l'extrême, à l'ardeur de son amour de matou, lequel s'adosse nonchalamment sur le bord opposé. Une douce manière de demeurer « coincés », entre intérieur et extérieur, entre douceur et fougue.

Miaouuu ! : ***
Kssssss ! : **

Nous pouvons affirmer qu'il s'agit là d'une connaissance intuitive !

"Habemus ideam veram", comme le soulignait Spinoza.

22 Petite conversation entre chats

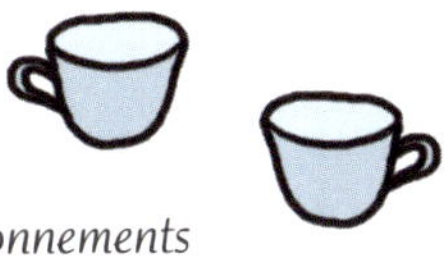

Miaulements de peur et de détresse, piaillements de faim ou de contrariété, ronronnements d'aise ou encore trilles facétieux… Ah, il n'y a guère que les humains pour penser que nous, les chats, ne parlons pas !
Ce que nos compagnons domestiques imaginent encore moins, c'est que nos cris ne sont pas que de longs et plaintifs monologues. De chat à chat, de moustache à moustache, nous conversons bel et bien.
Je vous l'accorde, ça ne vole pas toujours au niveau de dialogues socratiques, mais c'est aussi un peu plus stimulant pour les sens.
La position que je vous propose ici vous imagine en effet tous deux assis sur des chaises que vous aurez pris la peine de rapprocher (jusqu'à ce qu'elles se touchent). Le croupion au bord du siège, passez chacun l'une de vos cuisses à l'extérieur de la cuisse opposée de votre partenaire, et l'autre à l'intérieur. Comme si de rien n'était, alors que vos sexes s'unissent, poursuivez votre doux babillage amoureux.

Miaouuu ! : **
Kssssss ! : **

23 L'art de grimper aux rideaux

S'il n'était doté de ses griffes, le chat ne serait qu'une grosse boule de poils, certes douce, chaude et sympathique, mais sans plus de personnalité qu'un vulgaire cochon d'Inde. « Le chat, c'est la griffe », dit même en son temps le célèbre penseur félin Chafort. Pour faire montre de son caractère, le chat peut s'exercer sur les plantes, les bas de canapé ou ces immondes « herbes à chat » que les humains mettent parfois à sa disposition. Mais pour le griffeur de compet', tel que votre serviteur, le seul support qui mérite qu'on s'y attaque, le seul à la hauteur de ses ambitions, c'est le rideau. Mou, mobile, haut : c'est un véritable défi, y compris pour les griffeurs les plus chevronnés. Si vous êtes assez fou pour vous lancer à l'assaut d'un tel Everest, vous le serez sans doute aussi pour vous accoupler lors de vos ascensions du double rideau de salon par la face nord. Monsieur plantera ses quatre pointes dans la partie la plus épaisse du tissu, de préférence au niveau des rabats ou des coutures. Madame n'aura plus dès lors qu'à s'arrimer de toute la force de ses petites pattes au corps, tendu comme un arc, de son héros.

Miaouuu ! : **

Kssssss ! : ****

Miaouuu ! : ****

Kssssss ! : *

24 La grenouille qui miaulait

Et puis croquette, alors ! Je suis un chat, après tout. Qui a dit que je devais dominer, prendre, jeter, me comporter comme ces rustres de chiens, si peu sûrs de leur propre force qu'ils ne cessent de la claironner ? Moi, je fais tout dans la finesse, le luxe, l'élégance. Un peu flemmard aussi, à mes heures, mais c'est ça qui fait mon charme – pas vrai, mes petites chattes ? Lascivement allongé sur le dos, les pattes repliées sur le ventre comme si j'espérais qu'on me gratte voluptueusement, j'attends qu'elle vienne s'asseoir sur moi. Elle s'accroupit sur mon sexe, les jambes de part et d'autre des miennes, qu'elle emprisonne. Comme une grenouille, prête à coasser de plaisir, tant il vrai que cette posture offre à mon sexe – pourtant assez court – la plus profonde des pénétrations. Ah, nous pourrions hululer ainsi des heures, elle et moi. Je suis son têtard d'amour, je défaille…

25 La chat-rette

Nous autres chats sommes un peu les cigales de la grande famille des mammifères. Dormeurs, joueurs, bulleurs : pas du genre à se lever dès l'aube pour nourrir la petite famille.
Ce qui est vrai pour la nourriture l'est tout autant pour le sexe. On joue, on rigole, on n'est pas là pour se prendre la tête entre les pattes. *Charpe diem*, comme on dit chez nous.
Dans la série chat-hut de potaches, j'ai une petite préférence pour la chat-rette. Est-il encore besoin de présenter cette position ? Solidement campé sur ses pattes arrière, monsieur Mistrigri tient sa Mistrigrette sous les cuisses. Celle-ci, penchée avant, en appui sur ses bras, joue le rôle d'une brouette. Tout l'amusement consiste non seulement à tenir la posture plus de dix secondes, mais aussi à avancer ainsi de quelques mètres. À propos de maîtres, j'en connais certains qui vont rouler de drôles d'yeux si vous pratiquez ça dans leur salon !

Miaouuu ! : **

Kssssss ! : ***

Hep hep hep !
Mais où tu m'emmènes, comme ça ?...

26 Chat-sés croisés

Je crois bien que pour nous autres chats, si l'on excepte la sieste et le bâillement, il n'est d'exercice physique plus satisfaisant que l'action de s'étirer. Du bout de la queue jusqu'à l'extrémité de nos pattes, on peut nous voir nous tendre à tout rompre. Une faculté que nous partageons tous et qui nous permet d'entretenir cette souplesse, cette démarche si fluide et chaloupée que nous envient les autres espèces. Alors, je le demande, pourquoi ne pas user de cette étonnante capacité jusque dans nos ébats ? Sur le papier, je sais, cela peut paraître assez inconfortable. Mais vous verrez qu'en pratique la tension des muscles qu'induit cette posture est totalement compatible avec l'énergie sensuelle que vous voulez alors déployer. Le chat repose donc sur ses pattes, tendues dans son dos, le corps aussi rigide que possible. Sa chatte prend la position exactement inverse (les bras tendus vers l'avant), de telle sorte que les deux corps forment un X, dont le point de croisement se situe très exactement au contact de leurs deux sexes.

Ou comment alphabétiser les chats…

Miaouuu ! : ***
Kssssss ! : ****

27 Gourmande comme une chatte

Non, les humains qui inventèrent cette expression ne pensaient pas uniquement au goût prononcé de nos femelles pour certaines denrées sucrées. Si nous autres matous savons y faire avec notre langue, nos minettes ne sont pas en reste quand il s'agit d'employer sur nous leur bouche. Ah, la voluptueuse rugosité de leur langue ! Ah, les parois subtilement spongieuses de leurs joues ! Ah, les piques inattendues de leurs canines, quand elles oublient de les rétracter tout à fait !

Pourtant, sucer un chat n'est pas sans risque pour une chatte, même pour la plus douée d'entre elles. Comme vous le savez, notre sexe se hérisse de crochets au moment de jouir, afin de se cramponner à la paroi de leur vagin. Pour éviter ce réflexe malencontreux, le mieux est d'adopter une position résolument différente de celle du coït. Paisiblement assis dans un fauteuil, écartez assez les jambes pour accueillir votre maîtresse. Légèrement dressée sur ses pattes, celle-ci pourra lécher votre membre comme elle s'approcherait, prudente, d'une sucrerie qu'on lui tend.

Miaouuu ! : **

Ksssss ! : **

Un p'tit tennis, Minou ?

28 Jouer à la baballe

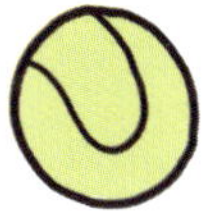

Dans la position que voilà, le but du jeu consiste à mettre en contact la douce mollesse des fesses de madame et les petites billes compactes que sont les testicules de son mistigri d'amour. Elle se tient dressée sur ses pattes arrière. Lui, le dos orienté vers le sol, prenant appui sur ses avant-bras, il forme un T par rapport à sa partenaire, soutenu sous les cuisses par ses bras, comme si elle tenait les poignées d'une brouette. À chaque mouvement de va-et-vient les bourses viennent cogner le dessous de ses fesses, comme le battant d'une cloche (cela dit sans jeu de mots, mesdames, ne vous vexez pas !).

Miaouuu ! : **

Kssssss ! : ****

29 Chat-cun de son côté

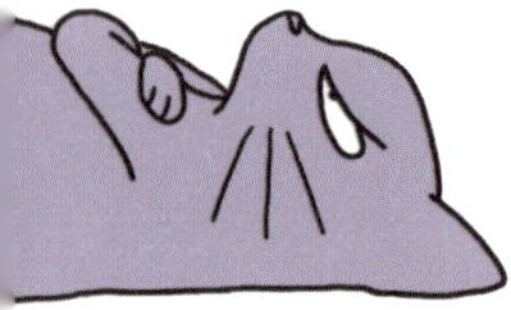

Voici la position des soirs de migraines, de disputes, des petits coups rapides où l'on se fait un peu la tête, mais pas assez toutefois pour renoncer complètement au sexe. Entre l'envie et le manque d'envie. Entre la pulsion et l'absence de désir.
Ces jours-là, pas besoin de s'enlacer tendrement, pas besoin de se regarder dans les yeux pour se faire le bien que l'un et l'autre attendent. Sur une poutre ou un muret, le chat s'allonge sur le dos, les pattes relevées et fléchies. Sa chatte, à cheval sur le support, dos à lui, vient déposer sa croupe entre les jambes de son amant. On ne se voit pas, on s'envisage à peine, chacun réduit l'autre à son seul sexe, et pourtant le contact est bien là. Comme un point d'ancrage, comme l'arrimage de deux bateaux qui, bientôt, reprendront chacun leur route.

Miaouuu ! : **
Kssssss ! : ***

Miaouuu ! : **
Kssssss ! : ****

30 Paresseux !

Surtout ne vous fiez pas à l'intitulé trompeur de cette position. Car, pour l'un et l'autre des partenaires, il n'est vraiment pas question de paresser. Mais d'imiter ce drôle d'animal des forêts tropicales qu'on appelle le paresseux. On aurait pu dire le chimpanzé ou l'orang-outang aussi, tant il est vrai que certaines femelles singes transportent leurs petits de la sorte.

Attention, le matou doit avoir le dos costaud et la minette des cuisses robustes. À quatre pattes, comme un bon chat qu'il est, monsieur se voit enlacé par madame, pendu sous son ventre, face à lui. Dans une version standard, moins éprouvante, la chatte prend appui sur le sol avec ses jambes fléchies. Dans une variante plus sportive, elle enserre la taille de son partenaire avec ses pattes croisées, totalement suspendue à son chat, comme la femelle paresseux à sa branche. À noter que le péril permanent que cela suppose participe étroitement à l'excitation ressentie par les partenaires.

31 Le chat-pont

Ça servirait à quoi que la nature nous ait dotés de souplesse, d'élégance, d'une musculature à la fois si fine et si puissante, si ce n'était pour en faire le meilleur usage possible ? Je vous le demande. Alors, dans la série « construisons de jolies figures érotiques tant que nous sommes assez jeunes et alertes pour le faire », je vous propose le chat-pont. Madame votre chatte est allongée sur le dos, les jambes levées (à 45° environ par rapport à son ventre) et tendues. Accoudé sur le sol, face contre terre, les jambes écartées de part et d'autre de son corps, vous venez vous planter en elle comme si vous fertilisiez une terre vierge. D'accord, ce n'est pas encore le viaduc de Millau, mais ça a quand même de la gueule, non ?

Miaouuu ! : ***

Kssssss ! : ***

32 Les chat-ouilles

Les humains me font bien rire. Si pauvrement équipés que les voilà contraints de se harnacher de nouveaux appendices. Pénétrants, massants, vibrants, ils ne savent plus quoi inventer pour ranimer leur libido au bord du coma. Car nous les chats – proclamons-le ici, haut et fort – sommes la seule espèce à sex-toy intégré. « Où ça, où ça ? » miaulent en chœur quelques matous qui n'en croient pas leurs oreilles. À votre avis ? Un gadget long, doux, agile, capable de tout ce que l'on attend d'un bon « vibro » et plus encore. Notre queue, pardi ! Alors si vous êtes d'humeur joueuse, ce soir, si les accouplements enfiévrés ne collent pas à votre humeur du jour, proposez donc à votre poilant(e) partenaire de demeurer chastement côte à côte. Et si vos coussinets soyeux se promènent ici ou là, c'est à la queue que reviendra le plus gros du travail. Pénétration, caresse, masturbation, elle sait absolument tout faire. Godemiché ? Vibromasseur ? Oubliez tous ces gadgets, faites-vous plutôt greffer une queue !

Miaouuu ! : ***

Kssssss ! : *

Oh, Rhett...
Oh, Scarlett!

33 Chat-badabada

Entendez-vous parfois le soir, sous les frondaisons, le doux chant des chats qui se câlinent ? Voilà que je fais de la poésie à deux croquettes. Nous aussi on a un petit cœur qui bat, des sentiments, du romantisme qui nous hérisse le poil. Alors pour tous les chamoureux du monde, voici la plus jolie des positions.

À genoux l'un et l'autre, face à face, saisissez avec vos pattes la taille de votre partenaire. Pour assurer la stabilité de votre attelage, l'un ou l'autre peut poser un pied à terre, le genou fléchi.

Ce qui peut n'apparaître que comme une variation sur le thème des « papattes en rond » (voir n° 7) a ses propres caractéristiques et avantages.

Les poitrines se touchent, les visages sont plus proches encore, l'étreinte est totale. Seule la pénétration sera plus difficile et, si tant est que vous y parveniez, peu profonde. C'est une source de plaisirs doux, légers, comme l'effleurement d'un coussinet sur votre pelage.

À pratiquer sans aucune modération – gare aux genoux néanmoins.

Miaouuu ! : ****

Kssssss ! : *

34 Le chat-man

Chez les chats comme chez les hommes, qui peut le plus peut évidemment le moins. Il y a les positions qui vous mettent le feu et puis il y a celles, plus calmes, qui appellent à la douceur, et même à une certaine forme de recueillement. Dans la position dite du chat-man, le chat se présente comme celui qui initie sa maîtresse à cette mystique amoureuse. Tous deux agenouillés, il vient se placer derrière elle, le buste collé à son dos, le bas-ventre rivé à ses fesses. Ses pattes avant ont alors toute liberté pour caresser le ventre duveteux de madame.
Comme deux sorciers indiens ils peuvent même se livrer à un balancement léger, à la fois propice à l'élévation de leur âme… et au mouvement de va-et-vient !

Miaouuu ! : ****
Kssssss ! : **

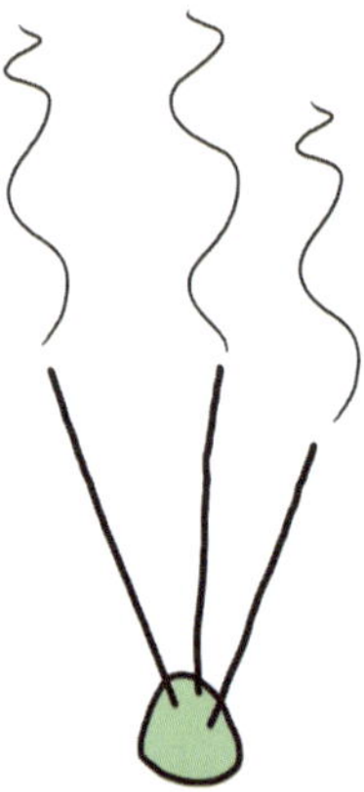

Allez, vas-y, champion !

35 Chat-rivari

Attention les amis, ça va groover dans les chatières ! Vous êtes des chats ? Vous êtes souples ? Il n'y a pas de posture que votre corps et vos membres ne puissent prendre ? Ça va être enfin l'occasion de le prouver. Oh, je ne suis pas de ces exaltés qui prônent la performance à tout prix ! À trop vouloir en faire, même les chats peuvent se faire un méchant tour de rein... Mais tant que vous en êtes encore capable, créez-vous donc des souvenirs pour vos vieux jours, quand vous serez sagement assoupi sur les genoux de votre maître, face à la cheminée...

Sur un siège – de préférence à bascule – la chatte est assise. La tête en avant, les coudes sur le sol, son chat est allongé sur elle, dans la position d'un plongeur. Bien sûr, à chaque mouvement de bascule du fauteuil, l'axe de leurs bassins est modifié, amplifiant le mouvement de va-et-vient. Et, madame, si votre matou survit à cette position, c'est qu'il sera capable de tout vous faire.

Miaouuu ! : ***
Kssssss ! : *****

36 Le chat-peau

Si vous avez essayé certaines des suggestions de cet ouvrage, vous aspirez peut-être à un repos largement mérité. Ne jamais oublier que nous sommes des chats et que nous dormons de seize à dix-huit heures par jour. Ainsi, pour votre prochaine sieste en amoureux, ne vous contentez pas d'un simple « fesses contre fesses ». La position dite du chat-peau – baptisée de la sorte pour la forme créée par les deux corps assemblés – vous permettra d'associer flemme et lascivité. Madame s'allonge tout simplement sur le côté, la hanche supérieure relevée comme une colline.

Monsieur le chat se place tête-bêche, son bas-ventre collé aux fesses de sa chatte, enfourchant la cuisse supérieure de sa partenaire. Le tout est 100 % confort et peut être maintenu pendant des heures. Il offre même l'avantage non négligeable – point de vue de chat – de glisser sans s'en rendre compte du coït au dodo.

Miaouuu ! : ****

Kssssss ! : *

37 Bien chat-rpenté

Résistance, agilité, souplesse, nous sommes de vrais acrobates. Mais si nous sommes si rares dans les cirques humains, c'est que les plus audacieuses figures, nous les gardons plutôt pour l'intimité de nos nuits câlines.

En voici une qui demande autant de force que de dextérité. Le chat est fièrement dressé sur ses pattes, le corps et les membres – j'ai dit tous les membres ! – aussi tendus que possible. Les cuisses enserrant ses hanches, sa petite chatounette vient s'empaler sur lui, le buste basculé en arrière, les mains agrippées aux poignets de monsieur. On aurait pu appeler ça aussi l'arbalète ou la catapulte, mais vous auriez pris peur !

Miaouuu ! : *

Kssssss ! : ****

Miaouuu ! : ***
Ksssssss ! : *

38 Chat alors !

On a beau être raide dingues l'un de l'autre et fidèles, on n'en oublie pas pour autant qu'on est des animaux et que l'on a été mis ici-bas pour se reproduire. Alors parfois, je l'avoue, la tentation nous démange comme elle taraude toutes les autres espèces.

On se dit que les poils pourraient être plus verts ailleurs, que d'autres yeux pourraient nous faire frissonner les moustaches, qu'on serait bien idiot de rester sourd aux appels de la nature…

Pour gérer cette tension tout en mettant un peu de piment dans votre vie de chat, pensez à user du subterfuge suivant. Peu importe au fond la position. Vous pouvez vous contenter de cette bonne vieille posture dite de l'« humain pressé », que les intéressés baptisent généralement du nom de « missionnaire ». Mais avant de vous accoupler de la sorte, passez chacun un masque. Ainsi aurez-vous la sensation grisante de faire l'amour avec un(e) autre, sans pour autant tromper votre chat(e) ordinaire.

D'expérience, les masques d'humains célèbres sont encore plus excitants.

39 Chat-rité bien ordonnée

Quel ignare a dit que les animaux – les chats en particulier – négligeaient les préliminaires ? Qui a dit que nous nous jetions bêtement les uns sur les autres, sans autre forme de procès ? Qui a dit que l'art érotique se résumait chez nous à une levrette bâclée le temps d'un bâillement ? Bon, d'accord, je connais encore quelques greffiers, tendance gougnafiers, qui expédient leur galipette hebdomadaire comme s'il s'agissait de leur pâtée. Sans appétit et sans plaisir. Raison de plus pour éveiller leurs sens assoupis. Un moyen aussi efficace qu'agréable consiste à se caresser l'un devant l'autre. Allongés sur le dos, tête-bêche, la tête légèrement relevée par un coussin, masturbez-vous sans jamais quitter votre partenaire des yeux. Ce faisant, n'oubliez pas de rentrer vos griffes, évidemment. Si vos papattes ou votre queue sont assez longues, touchez-vous l'un l'autre, là où cela vous fait du bien. N'omettez pas de ronronner si le traitement vous satisfait, le plaisir de votre moitié n'en sera que plus fort.

Miaouuu ! : ****
Kssssss ! : *

40 Dernier chat-pitre

Selon les dernières statistiques humaines publiées sur le sujet, 45 % de nos « maîtres » nous admettent dans leur lit.
Un lit où nous les entendons ronfler, où nous supportons leurs mouvements brusques et leurs odeurs. Mais aussi un lit où, de temps à autre, nous pouvons les voir batifoler. On ne dira jamais assez à quel point il est stimulant pour notre libido de regarder s'accoupler les autres espèces. Ils sont si gauches, si lourdauds, si maladroits ces humains, je vous le promets : le spectacle vaut qu'on subisse quelques petits désagréments annexes.
Alors si ce soir l'inspiration vous manque, si vous voulez juste faire « différent » sans trop vous soucier de votre plaisir immédiat ou de vos performances, amusez-vous donc à singer la sexualité des hommes que vous côtoyez. Reproduisez l'enchaînement de leurs postures, leurs attitudes, leurs cris et leurs promesses d'amour éternel.
Et dire que les pauvres pensent que c'est ÇA, la sexualité !

Leçons de plaisir...

1. Les chats-huteurs
2. L'arbre à chats
3. Le chat-eau
4. Moustache contre moustache
5. Un chat sachant chasser
6. Les siamois
7. Papattes en rond
8. Accroche-toi à la gouttière, mon amour
9. Les Égyptiens
10. Comme chien et chat
11. La chat-loupe
12. Chat... c'est vraiment toi !
13. Léchons-nous les uns les autres (comme nous aimons nous lécher)
14. Chat-steté et vertu
15. Chatastrophe !
16. La fête au minou
17. Quelques pas de chat-chat
18. Le Chat-mot
19. Le chat botté
20. Je te tiens, tu me tiens
21. Coincés dans la chatière

22. Petite conversation entre chats
23. L'art de grimper aux rideaux
24. La grenouille qui miaulait
25. La chat-rette
26. Chat-sés croisés
27. Gourmande comme une chatte
28. Jouer à la baballe
29. Chat-cun de son côté
30. Paresseux !
31. Le chat-pont
32. Les chat-ouilles
33. Chat-badabada
34. Le chat-man
35. Chat-rivari
36. Le chat-peau
37. Bien chat-rpenté
38. Chat alors !
39. Chat-rité bien ordonnée
40. Dernier chat-pitre

Conception graphique : Audrey Hette

Achevé d'imprimer en février 2009
en France sur les presses d'IME
ISBN : 978-2-7324-33710-1
Dépôt légal : janvier 2008